designs

3

五十嵐大介

story and artwork by DAISUKE IGARASHI

contents

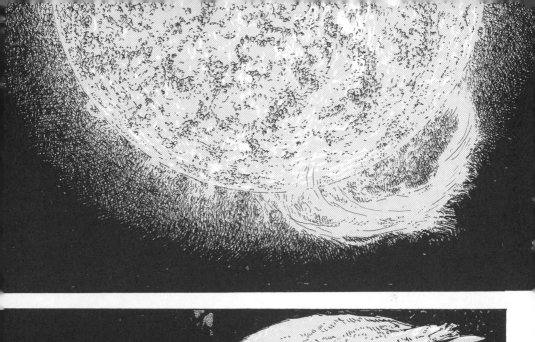

11. 愛撒嬌的精靈

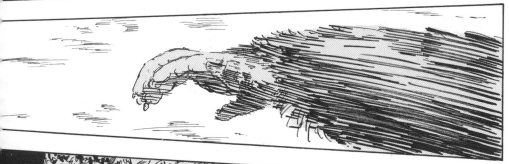

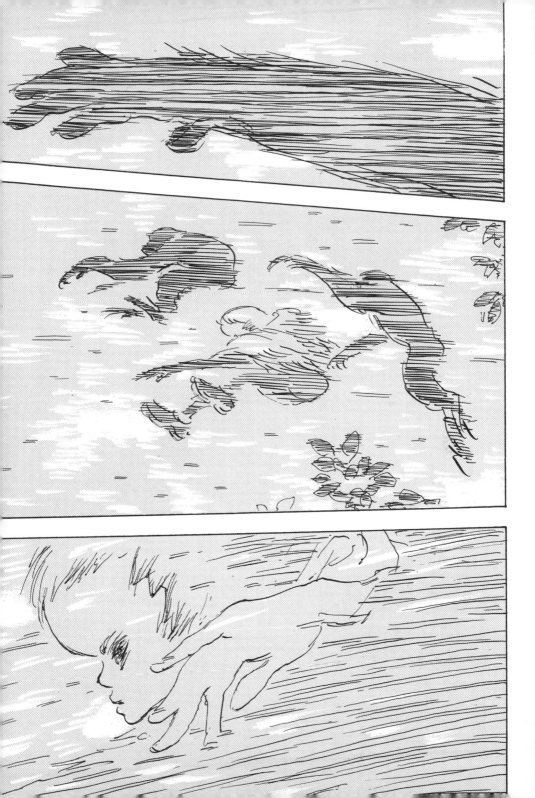

（喀沙）

怎麼了？

我們不是計畫要混進獸群搜查敵情嗎？

是搭嘴音。※

…人類啊可是比我們單純很多的生物。

喀嚓喀嚓

怎麼會發出搭嘴音…

※ 譯註：「搭嘴音」為一種發音方式,某些非洲語系含有大量搭嘴音,又稱哐嘴音、吮吸音。

（沙…）

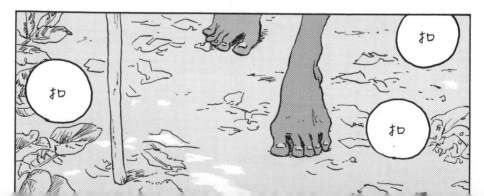

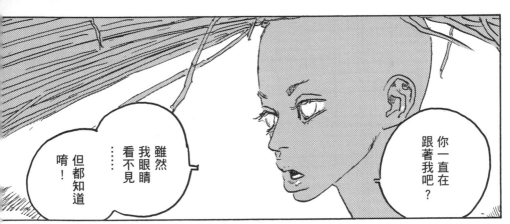

※索奎 (Sokwe) ：斯瓦西里語，意指黑猩猩。

16

…也許是我的幻覺，

你是不是在問我問題？

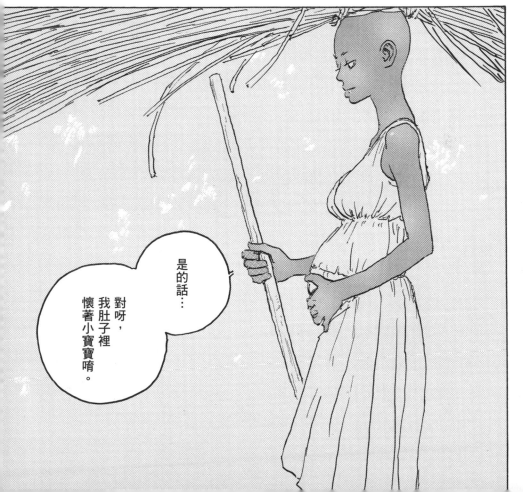

是的話…對呀，我肚子裡懷著小寶寶唷。

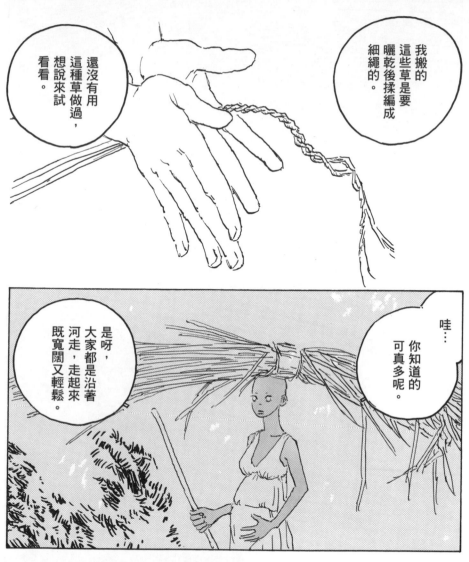

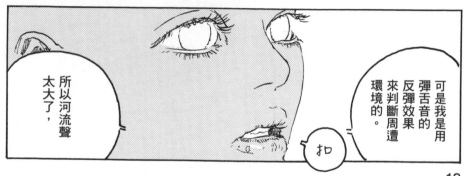

扣

聽不出聲音反彈讓我很害怕，

唰唰唰唰唰

所以我才會選這條路走。

要是跌倒了，小寶寶可能就會流掉了，不是嗎？

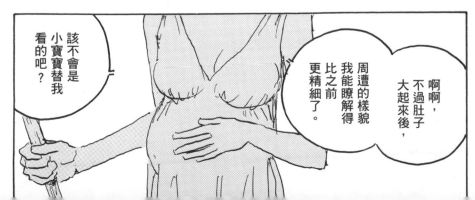

啊啊，不過肚子大起來後，周遭的樣貌我能瞭解得比之前更精細了。

該不會是小寶寶替我看的吧？

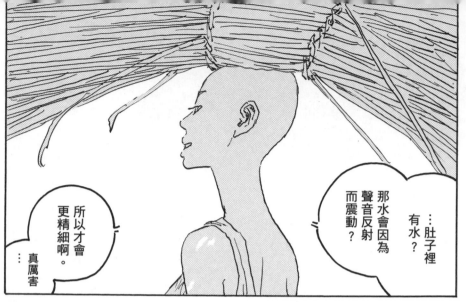

21

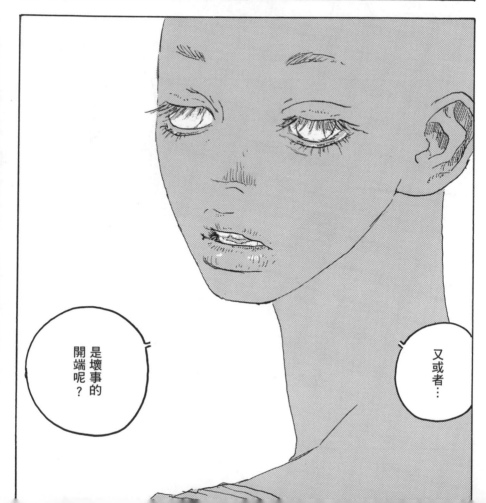

是壞事的開端呢？

又或者…

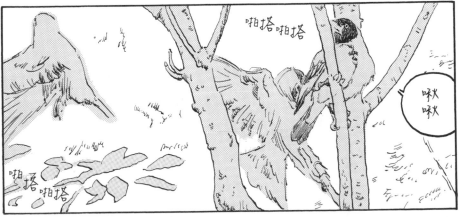

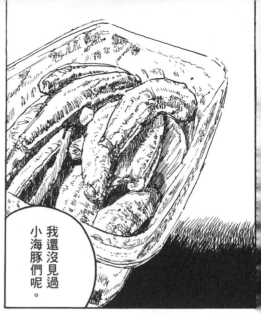

為什麼不來這宅邸露個面呢？

我還沒見過小海豚們呢。

※HA（Humanized Animal 人化動物）：透過基因編輯使動物人類化而成的生命體。

那是因為HA※裡就只有海豚他們從設計到教育完全由維多利亞博士經手。

似乎是「保護」民兵組織的領導人。

這次海豚參加的行動，

所以奧田先生一定也有參與其中才對……

不過，設計HA沒有奧田先生的技術也辦不成，

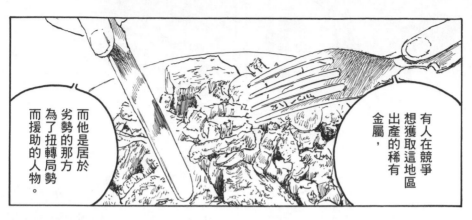

有人在競爭想獲取這地區出產的稀有金屬，

而他是居於劣勢的那方為了扭轉局勢而援助的人物。

原來是想現在先賣個人情，未來他當上國家領導人再跟他收回好處啊。

反正不是什麼正派的人吧。

國界附近的村莊受到鄰國的紛爭波及，這個民兵組織本來只是為了自衛才成立的。

只不過紛爭愈拖愈長，這組織逐漸變成有自己獨特宗教觀又失序的集團……

他們邊掠奪各個村莊，邊遷移根據地，行蹤無法掌握。

尤其近來他們很憎惡外國軍隊，也沒辦法往來了。

政治上或地理上，軍事公司都無法展開大規模行動。

所以才會順便測試性地派出HA嗎？

海豚的話就能以最少人數大範圍搜查敵情。

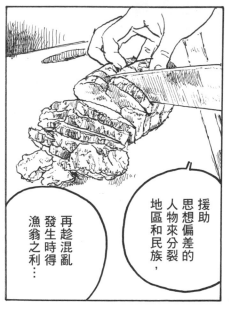

援助思想偏差的人物來分裂地區和民族，

再趁混亂發生時得漁翁之利…

真是老樣子。

人吶，怎麼樣都改變不了嗎…

從舊殖民地時代用到現在的老技法。

妳不就改變了嗎？

是嗎。

對吧。

這也很好吃耶。

接著…

總是準備如此美味的午餐，多謝囉。

不客氣。

28

來準備小朋友們的餐點囉！

嗡嗡嗡嗡…

咚咚咚

（噠噠噠噠噠）

政府軍正慢慢包圍這裡。

至少現在不是。

我不是敵人。

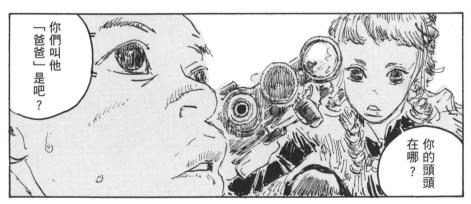

你們叫他「爸爸」是吧？

你的頭頭在哪？

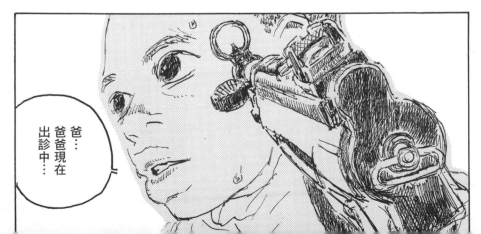

爸…爸爸現在出診中…

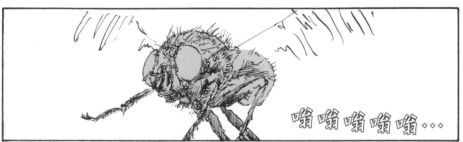

嗡嗡嗡嗡嗡・・・

屍體好臭。

不治療的話會傳染的。

這個國家的病原菌，

…出診啊

怎麼回事？這群人是誰？

跟爸爸說…政府軍要…

我正在動手術。

政府軍要包圍這裡？真的嗎？

手術？用那根棍子？

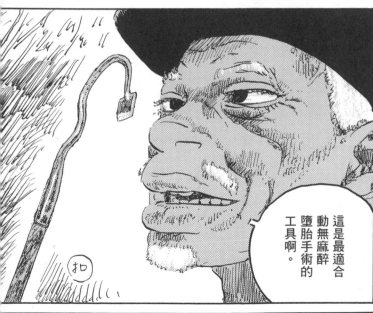

這是最適合動無麻醉墮胎手術的工具啊。

扣

喀嚓喀嚓

這是為了讓這座村子不會有更多受玷污的血。

更何況是瞎女人的小孩⋯⋯

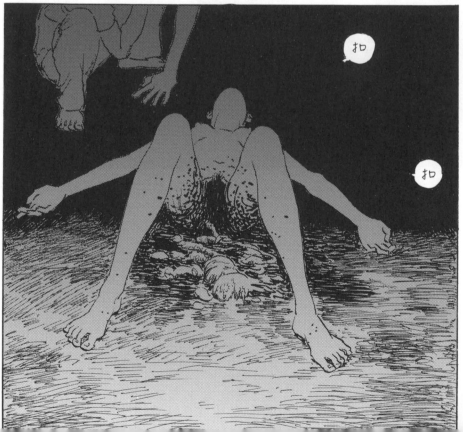

爸爸，媽媽也死了。

她才不是「媽媽」，是「病巢」。

多虧爸爸，這個國家又健康了些……

咦？

爸爸！

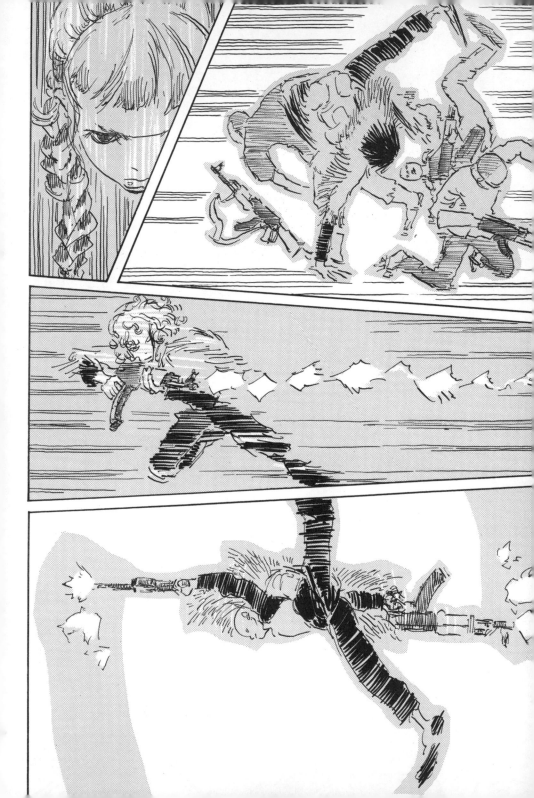

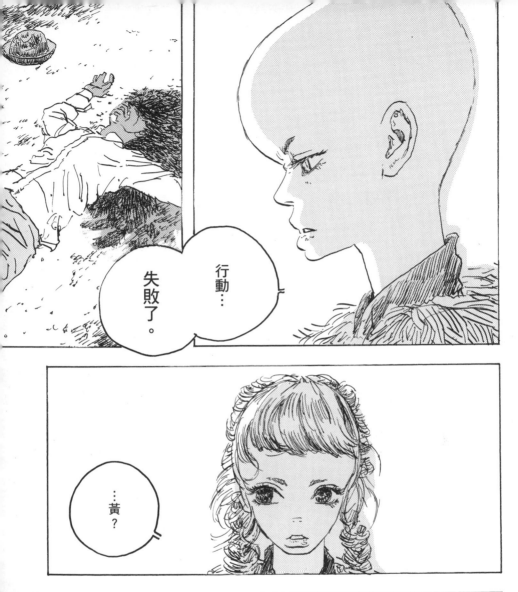

11:end

轟轟轟轟轟轟…

12. 樹皮下有蜂巢

啪哩啪哩

啪哩

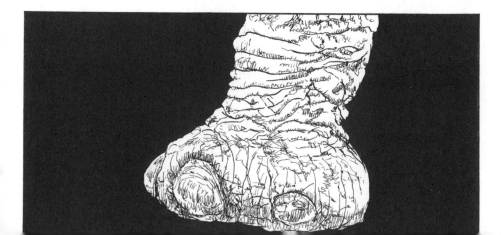

……是錯覺嗎？

嚓沙

53

......肚子餓了

嗶嚓嗶嚓

嗶嚓

......豬跟
猩猩
啊

嗶嚓嗶嚓

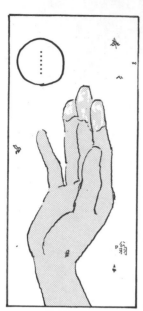

好甜！

這種蜜蜂沒有針。

原來樹皮下有蜂巢。

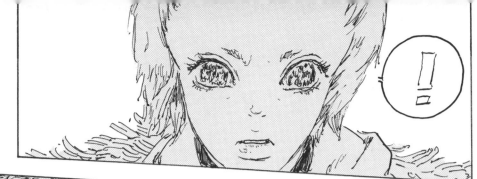

不讓同族類的「海豚」去追捕逃脫的個體，這不會保護過頭了嗎？

海豚同類間感知得到彼此的所在地，思考也有一部分是共有的。

這樣追蹤者的底細會有洩露的風險。

而且在出事現場的那種環境下追蹤，有經驗的會比較有利。

以能力彌補經驗不足不就是ＨＡ的強項嗎？

我們已經派出一組團隊，裡頭有經驗豐富的追蹤專家再加上不同種的ＨＡ。

讓您知道我們已對可能的差錯做好萬全準備。

沒有要找你碴的意思，

但導入新技術時總會有意外。

不過，我想你的立場也很艱難啦。

我不覺得是在收拾殘局。

現在卻還要讓你來收拾殘局，太過分了吧。

據說這次派出ＨＡ是繞過你進行的。

但是，容我先說清楚，

我不過是山孟都子公司的幹部，繞過我也是當然的。

HA事業主要是總公司管理，我的立場從一開始就只是處理好他們委託的工作。

您如此關心我的處境，我非常感謝。

能夠展示我們HA這項技術有多強，並且實踐山孟都集團的理念。

這次的工作不是收拾殘局，反而是有正面意義的。

繼續說吧。

人不管運用什麼技術一定都會發生事故或是失控。

經驗告訴我們，是有可能發生意外的。

要是控制不了發生失控時的風險，

就表示那技術還不到可以實用的階段。

我們現實上對於放射線污染還沒有有效的防範技術。

或許算是吧。

你是指核能嗎？

我覺得有。這是我個人的見解。

你覺得山孟都過去的產品也有這問題嗎？

風險太大了，完全欠缺合理性。

太不優雅了。

它們的突變與繁殖一旦失控，人類文明將直接面臨存續的危機。

細菌或是病毒這類的生化武器也是很荒謬。

完全沒有風險。

比起持續潛伏在森林裡，出現在任何村莊或街道上的可能性更高。

但是他缺乏長時間無補給的活動訓練還有裝備，

追蹤對象的行動目的不明。

如果發現他的蹤跡就直接報告——千萬不可追捕下去。

但標的的目標方向，由這個小隊來抽絲剝繭。

基本戰略是等待他出現，

沒在害怕。可以出動。

狗的情況？

「義肢」先單獨打頭陣。

收到。

低氣壓逐漸接近。

要跟時間賽跑了。

跟隨「海豚」一同行動的部隊，殺戮過後就在追蹤，卻在他們進了這座森林時失去了線索。

現在一定還在這森林裡的某處。

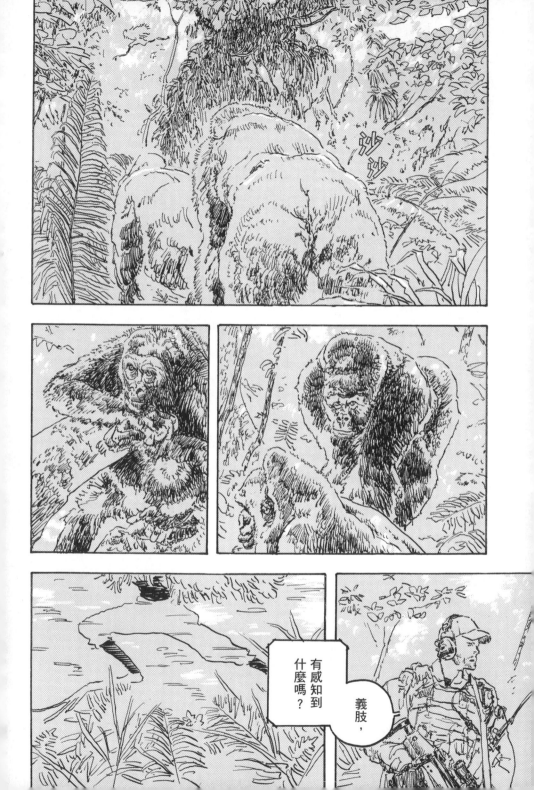

這座森林正用人類聽不到，很低沉很低沉的聲音說話。

超低週波覆蓋住整座森林的底部。

知道訊號從哪發出來的嗎？

知道。

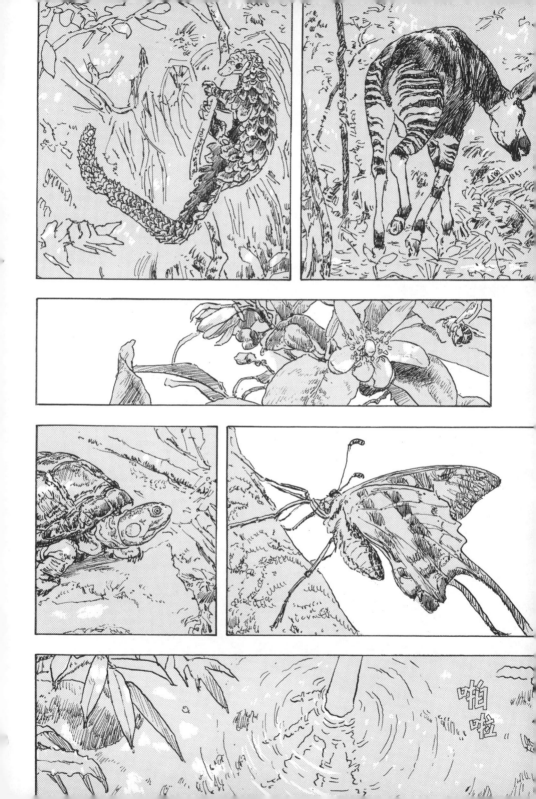

啪
啦

……因為低
氣壓
通訊情況
……

有沿著河岸
向東北方
前進的跡象。

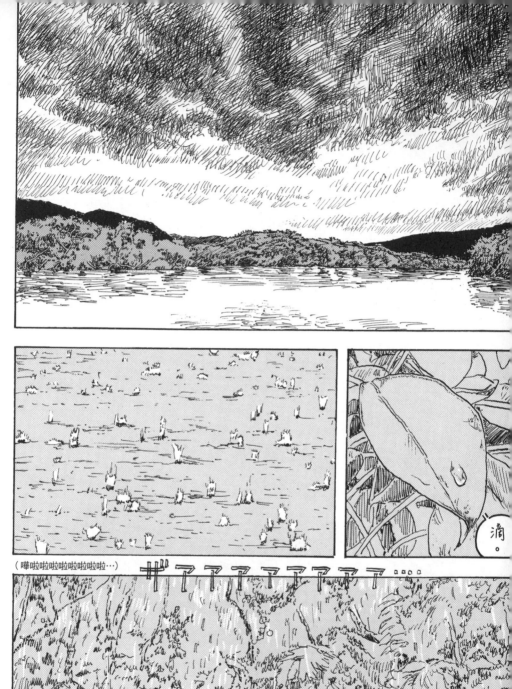

（嘩啦啦啦啦啦啦啦…）

ザアアアアア
（嘩啦啦啦啦啦…）

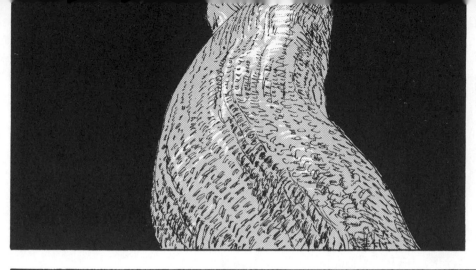

12:end

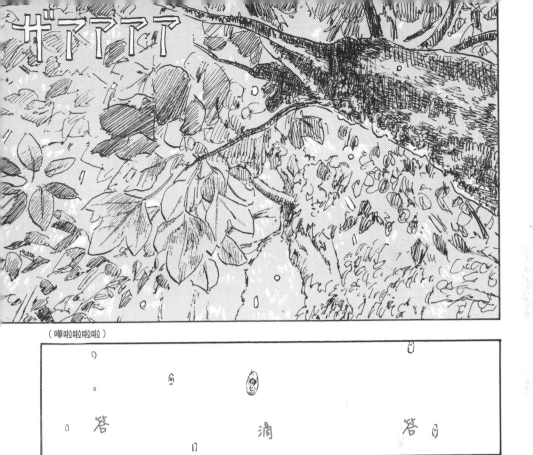

（嘩啦啦啦啦）

13. 銀狐的實驗

不知道。

您知道銀狐的實驗嗎？※

※譯註：「銀狐的實驗」為俄羅斯遺傳學家貝里也夫（Dmitry Belyaev）於一九五九年在西伯利亞展開的馴化狐狸實驗。

實驗者自一群銀狐裡，挑出相對溫順的個體讓他們彼此交配。

並縮短整個馴化時間的實驗。

這是以狐狸來重現狼被馴化成家犬的過程，

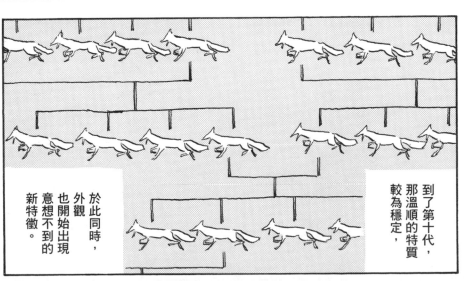

到了第十代，那溫順的特質較為穩定，

於此同時，外觀也開始出現意想不到的新特徵。

97

出現了外貌有折耳、白斑毛色的銀狐。

這種看起來像狗的特徵，

想改變牠們的性格本質，

卻使本來毫無關係的外觀也改變了是吧。

本來牠們是沒有的。

是的，這就是想操控基因創造出與自己想像相同的生物的困難之處。

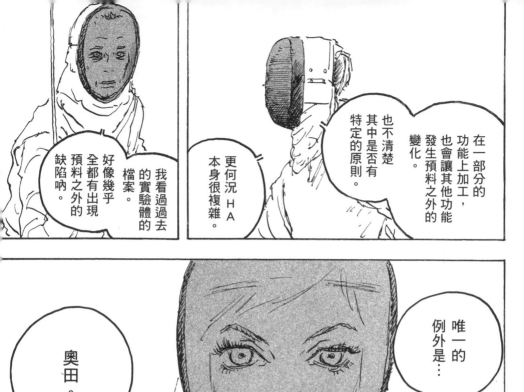

在一部分的功能上加工，也會讓其他功能發生預料之外的變化。

也不清楚其中是否有特定的原則。

更何況HA本身很複雜。

我看過過去的實驗體的檔案。好像幾乎全都有出現預料之外的缺陷吶。

唯一的例外是…

奧田。

可是和那傢伙同類的設計也有相當多的瑕疵品。

大多數的HA用人類的標準來說都有強烈的自閉症傾向。

可是，說到底，那很顯然是人與ＨＡ的感知能力還有溝通方式「不同」產生的問題。

那稱不上是缺陷——我們是這麼認為的。

「青蛙」小時候也完全沒辦法跟人溝通。

甚至對像是注射之類的外來刺激都沒反應，還因此而受過傷。

這大概是因為，她的大腦沒辦法處理她的感覺器官捕捉到的龐大資訊。

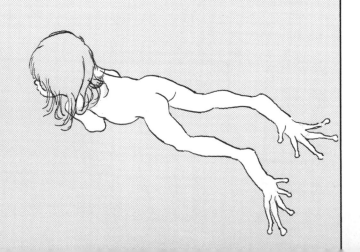

對資訊的必要與否無法選擇與取捨，

因而淹沒在資訊之海裡。

呈現二種輸入時
用盡了全力，

以致沒辦法輸出的狀態。

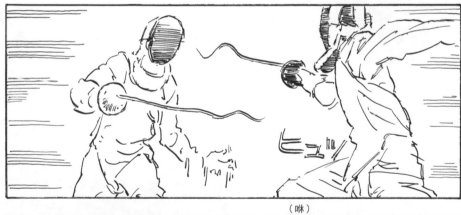

（咻）

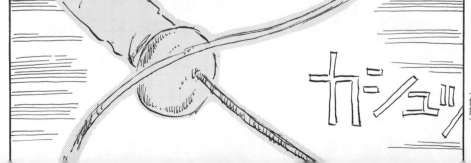

（鏗鏘）

但是，隨著年紀增長，

青蛙漸漸學會了與人類相似的反應還有溝通方式。

大腦也成長了。

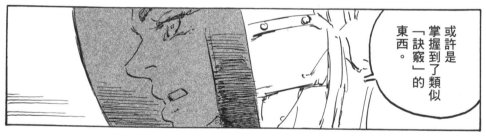

或許是掌握到了類似「訣竅」的東西。

只不過就算是現在，如果她感官功能使用到極限，

還是會回到小時候的那種狀態。

（鏗）カン！

這在進行動物的人化上是很大的課題。

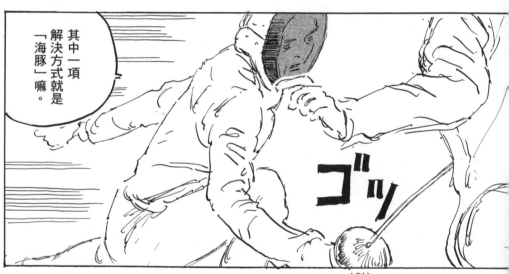

其中一項解決方式就是「海豚」嘛。

ゴッ

（刺）

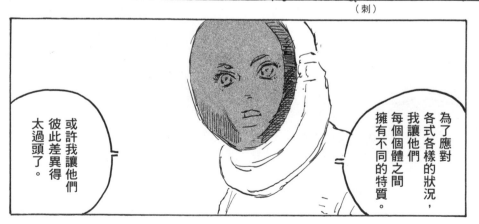

為了應對各式各樣的狀況，我讓他們每個個體之間擁有不同的特質。

或許我讓他們彼此差異得太過頭了。

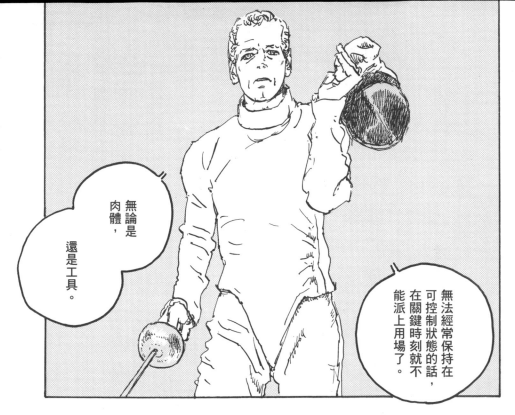

無論是肉體，

還是工具。

無法經常保持在可控制狀態的話，在關鍵時刻就不能派上用場了。

（沙沙沙沙沙）

…老師？

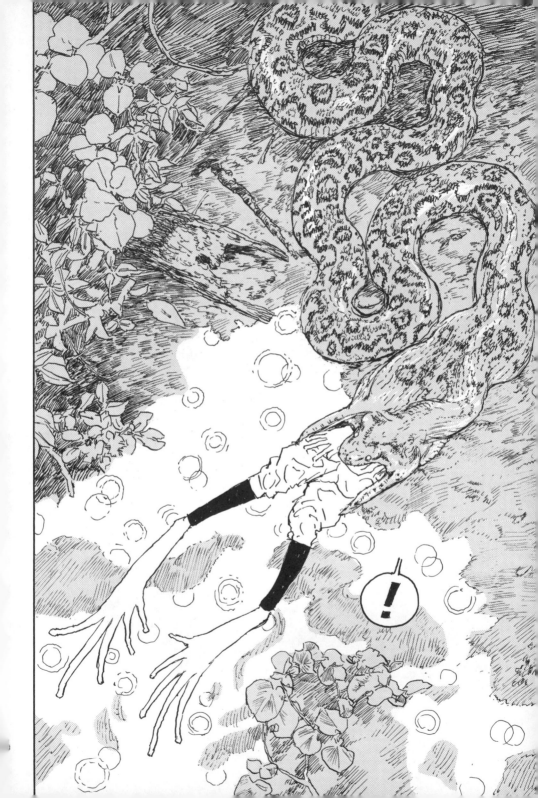

（沙）

（蹬起）

裂

（嘩啦啦啦）

……嚇死我了

啾啾

喳喳喳
喳喳喳

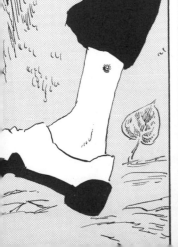

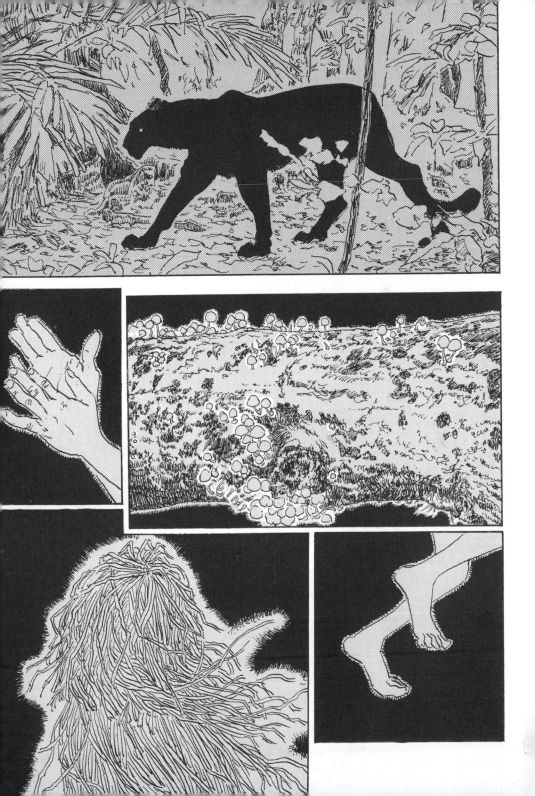

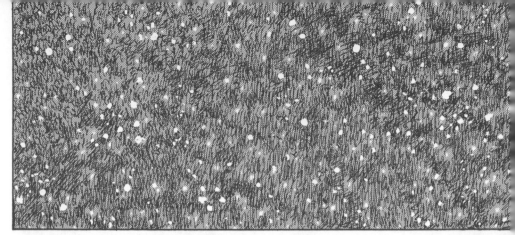

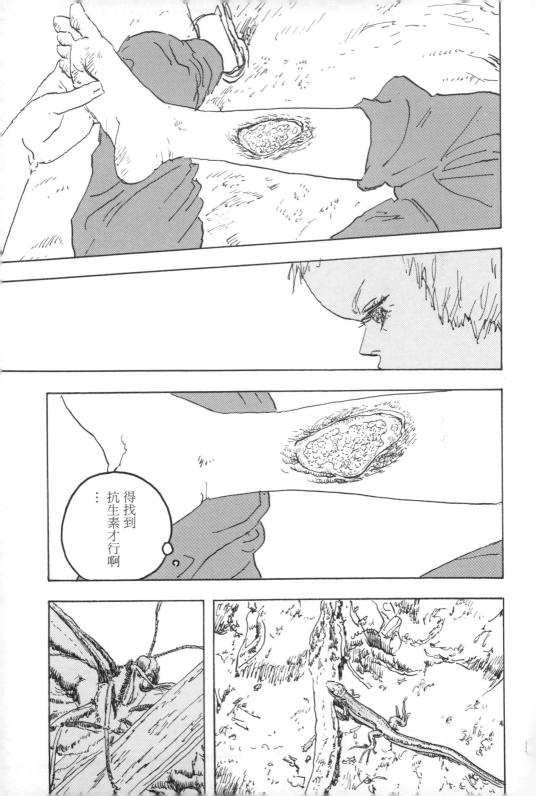

盗獵⋯

只砍下了臉部。

只是為了象牙嗎⋯

沿著河川一定會有城鎮。

空襲嗎？

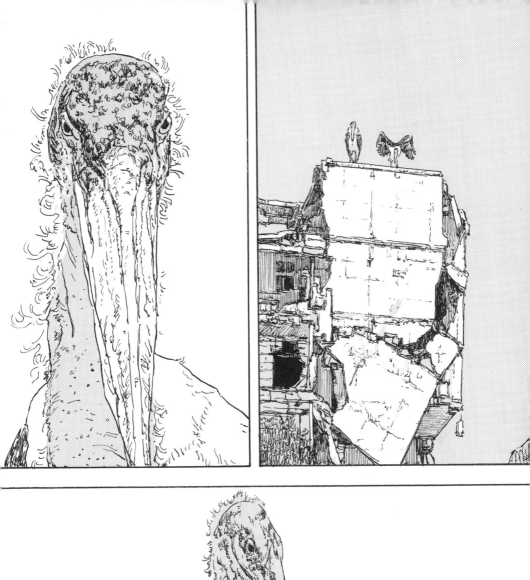

醫院在哪裡…

嗒嚓嗒嚓嗒嚓

有了。

沒半點藥啊。

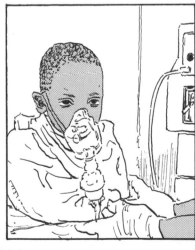

嚓嚓嚓嚓　　　嚓嚓

等等，
你啊！

在幹
什麼！

啊啊，
我是
懷孕啦。

觀察力
真好耶。

這邊的架子
是不可以
隨便翻的唷。

咦？

妳是
媽媽
吧。

等等…
應該還有辦法，
如果用
立汎黴素的話
…

是布如里氏
潰瘍…
這傷口太糟糕了，
你放著不管
多久了？

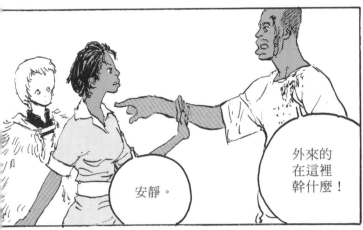

哦？
喔喔。

與其管人家，
你受傷了
才需要治療吧。

城裡街道
都給封了，
醫療團都給
關著出不來啊。

暫時托在
醫院啦。

哎呀，
當然呀。

在這治療，
請過來吧。

自己一個人
落單，那孩子
也很辛苦啊。

真的嗎？

騷動要是
擴大的話
會收拾不了。

每天
親近的人
都在死去…

大家都
被逼到
極限了。

沒辦法。

都在說謊。

你不是
這裡的孩子
吧？

怎麼進來的？
我們這座城鎮
現在被政府軍
封鎖，
不可能進出
才對啊。

這裡被當成
反政府勢力的
根據地，
醫療物資
一直進不來。

本來醫院
有五間，現在
一間接一間
都關了。

經妳這麼一講，
好多軍隊啊。

也好多
戰車。

在這邊等著！
不要亂跑唷！

真是美麗的
媽媽。

！

沒有耶…

路的那頭
還有一間
醫院。

那裡搞不好
還有藥，
我去拿過來。

喀嚓喀嚓喀嚓

來攻擊的直昇機⋯⋯政府軍？

這邊是目標!?

喀嚓喀嚓喀嚓

媽媽，等等！

（爆炸）

媽媽！

又是……
這樣……

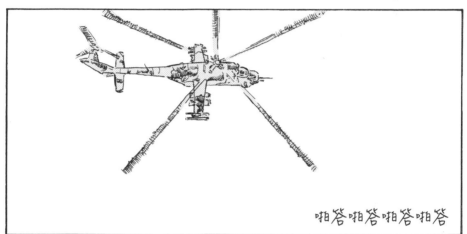

啪答啪答啪答啪答

人類，

真是
愚蠢啊。

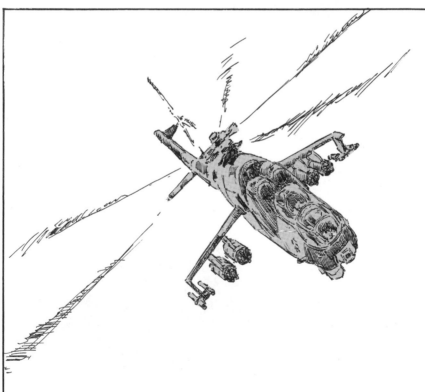

13：end

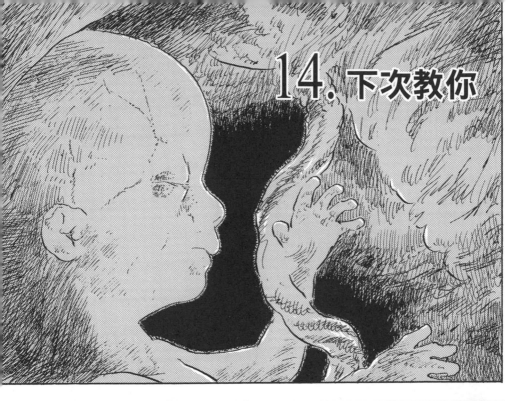

14. 下次教你

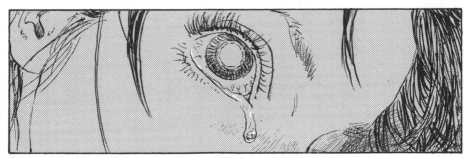

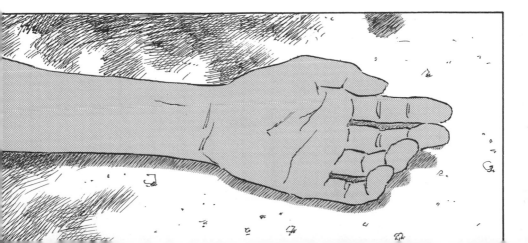

攻擊後沒有馬上撤離，準備要發射第二枚。

一直守在這裡的反抗軍已經沒有精良的武器了。

（發射）

ス！ドォ

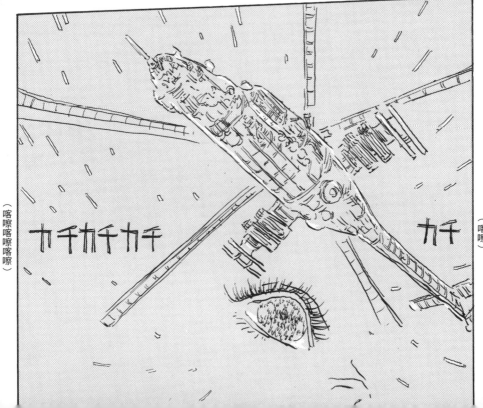

果然，只用這個最多射傷外殼而已。

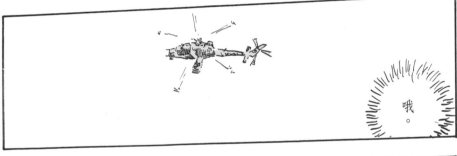

哦。

不過他們注意到我了。♡

（噠噠噠噠噠噠噠）

（噠噠噠噠）

那傢伙
消失了！

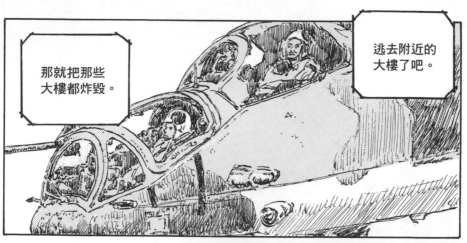

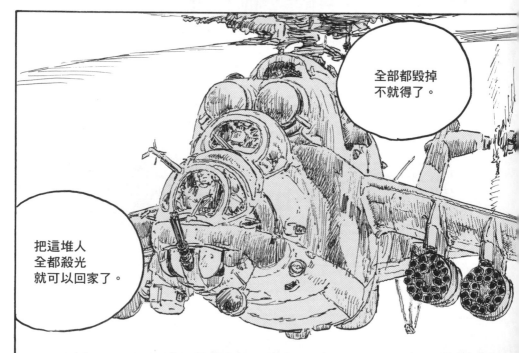

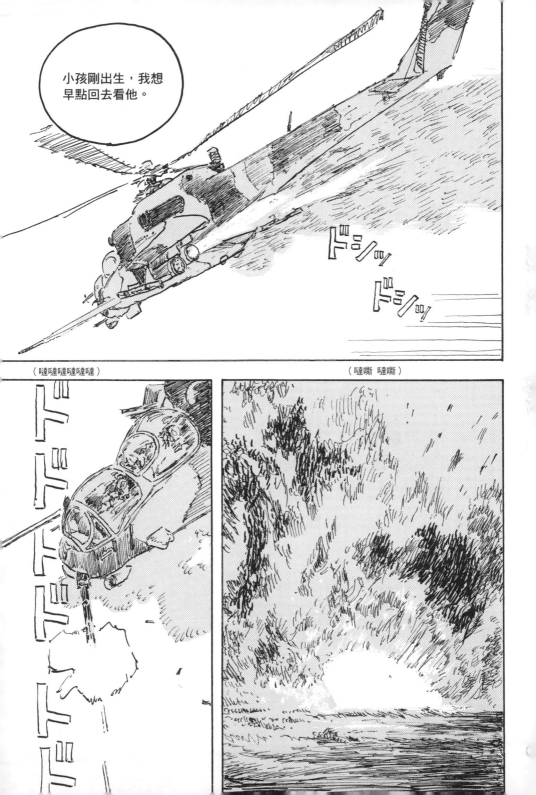

（嘰嗒嘰嗒嘰嗒嘰嗒嘰嗒嘰嗒）

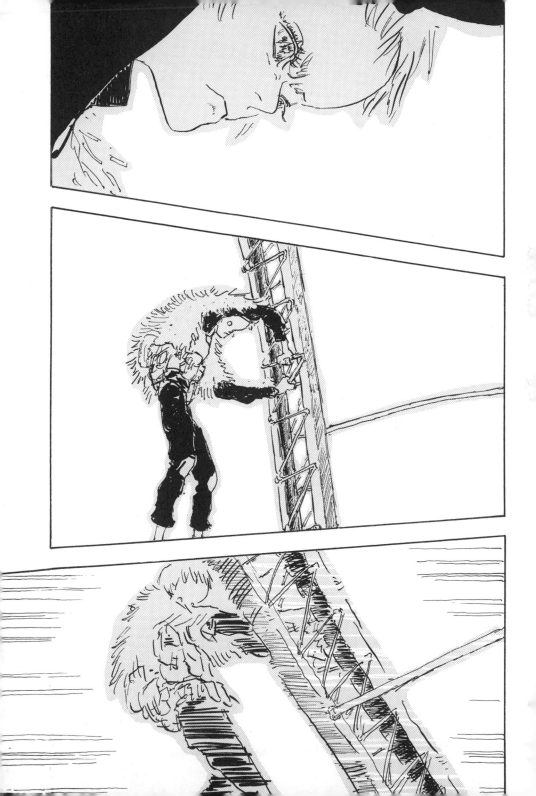

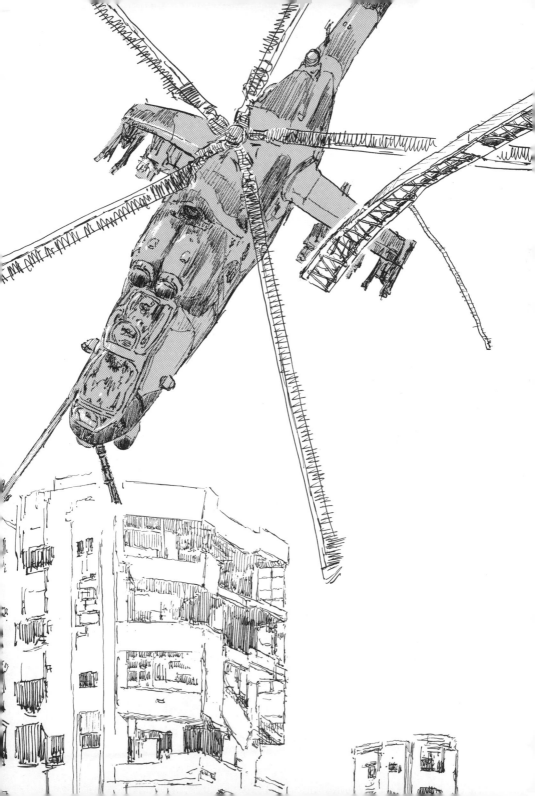

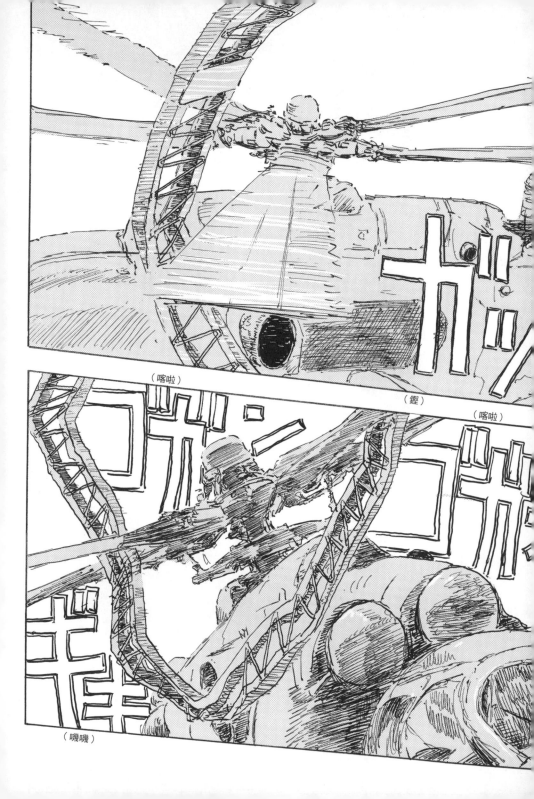

（喀啦）

（鏗）

（喀啦）

（嘰嘰）

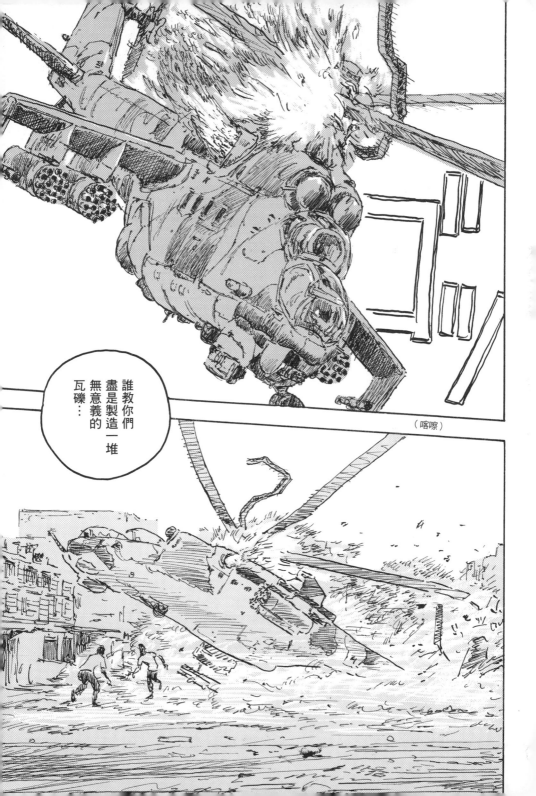

誰教你們盡是製造一堆無意義的瓦礫…

（喀嚓）

自作自受。

（磅——…）

心肺功能
受損嚴重
但是
尚未停止。

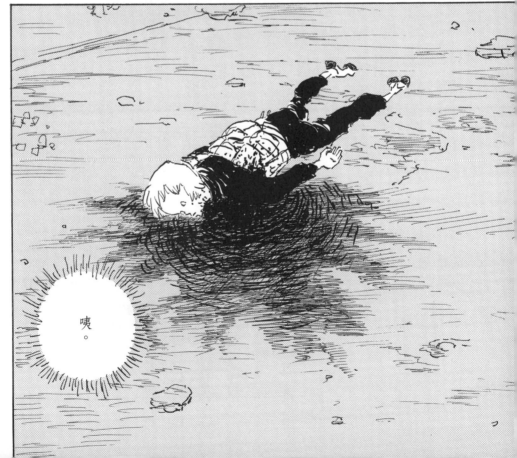

咦。

如果我們要現在對決，對我會有點不利吶⋯

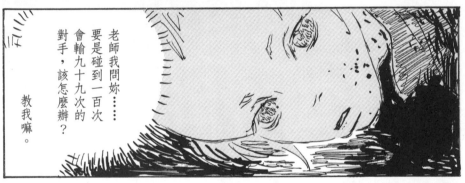

老師我問妳⋯⋯要是碰到一百次會輸九十九次的對手，該怎麼辦？

教我嘛。

⋯⋯

下次教你。

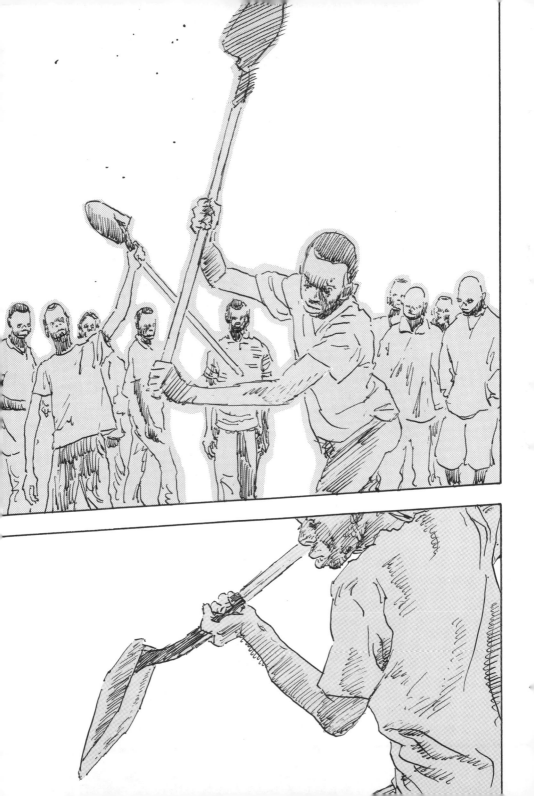

街道被搞成這樣也難怪啦。

幾個人被殺了啊⋯

啊——

啊⋯

人都死了還這樣⋯⋯

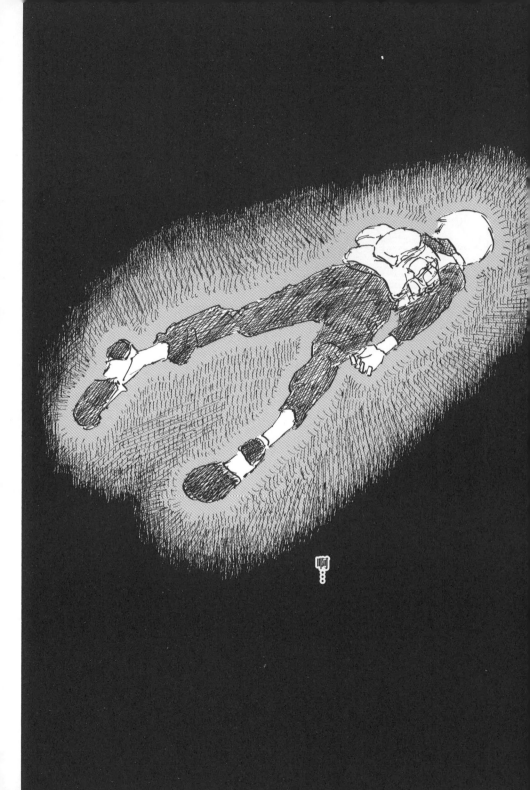

人類…真是愚蠢啊…

喀嚓喀嚓

14:end

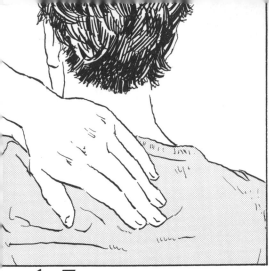

15. 已經不需要了

奧田邸院內
醫療棟

奧田先生。

請問
怎麼了嗎？

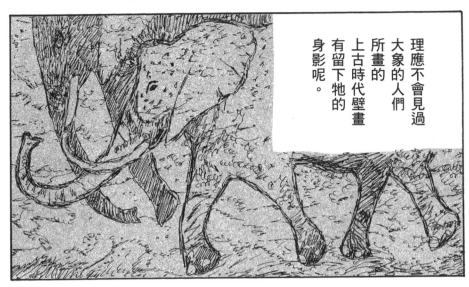

理應不會見過
大象的人們
所畫的
上古時代壁畫
有留下牠的
身影呢。

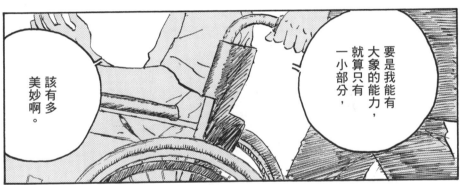

要是我能有
大象的能力，
就算只有
一小部分，

該有多
美妙啊。

真的，她的皮膚實在太棒了。

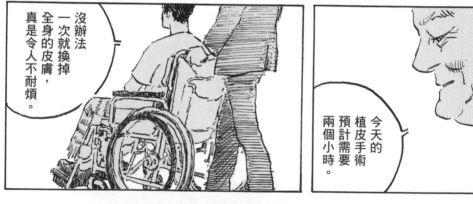

沒辦法一次就換掉全身的皮膚，真是令人不耐煩。

今天的植皮手術預計需要兩個小時。

手術中

開始吧。

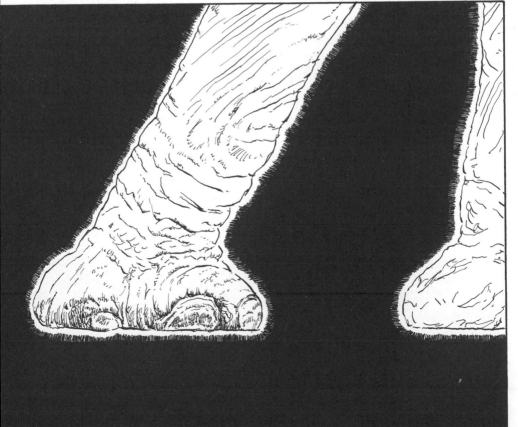

形勢不太妙——
以自身安全為優先，
你快撤退！

回收遺體
就交給
「義肢」
吧。

噠——

瞭⋯

！

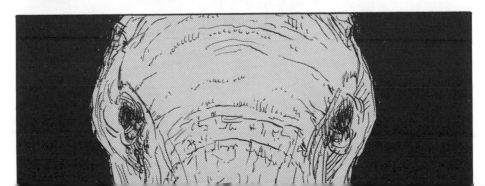

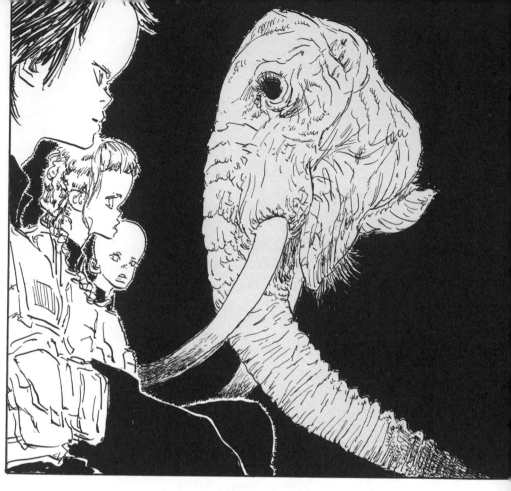

人類
…

…

還真是愚蠢啊⋯

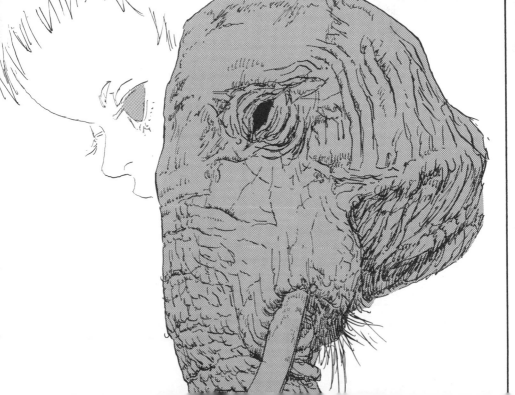

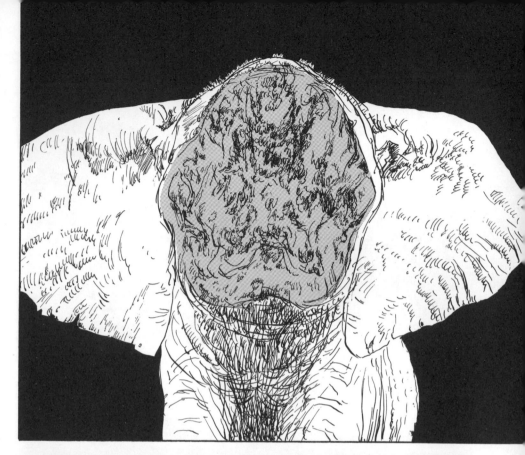

那傢伙
也殺掉！

殺掉…

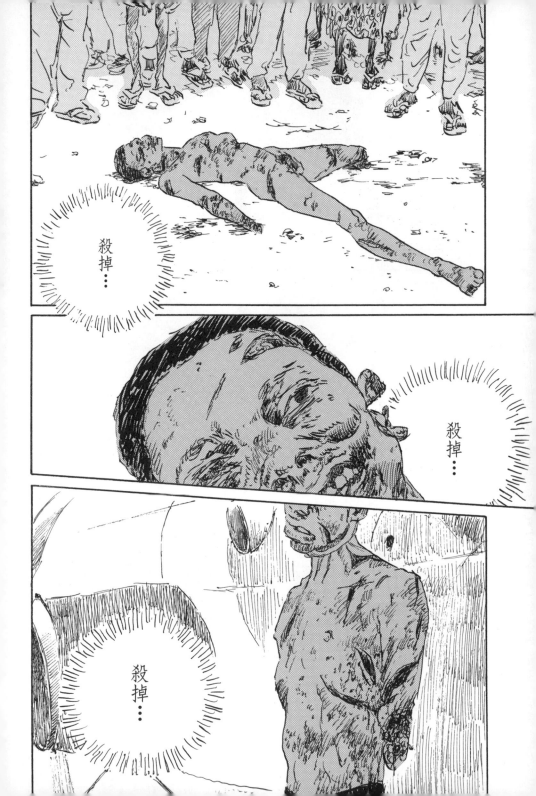

前往預定的
回收地點。

奥田邸

嗒

入侵者警報？

嗯，

叮鈴叮鈴叮鈴…

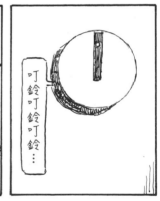

……注意安全唷。

請求增援。

奧田先生現在不能動。

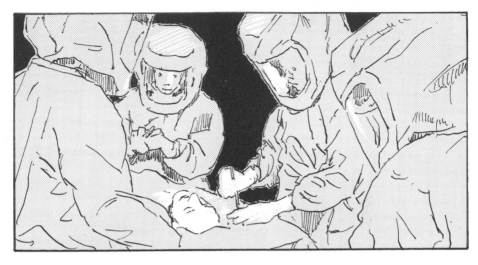

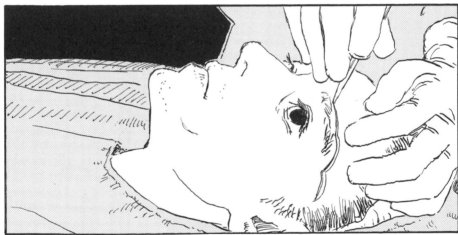

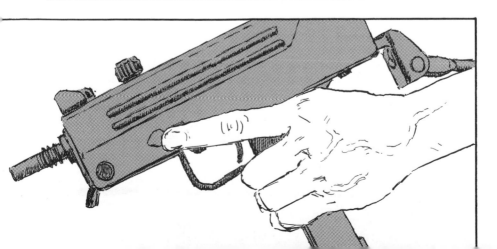

侵入…

入乳…

奶子？※

※譯註：「侵入」與
　　　　「人乳」日文發音相近。

（踢）

（喀）

砰
砰
砰

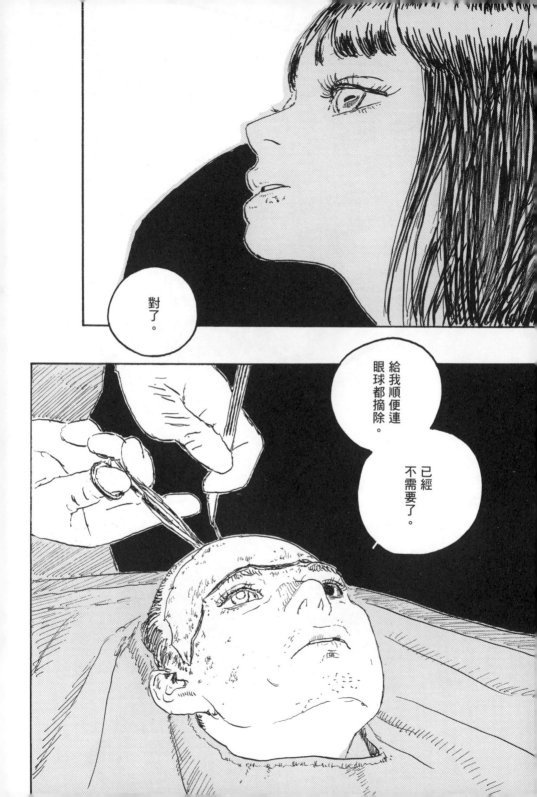

「看見」這件事，我已經膩了。

designs

③

END

ISBN 978-986-235-836-8

版權所有‧翻印必究（Printed in Taiwan）

售價：280 元

本書如有缺頁、破損、倒裝，請寄回更換

PaperFilm FC2048

Designs 3

2020 年 5 月　一版一刷
2022 年 3 月　一版四刷

作　　　者／五十嵐大介
譯　　　者／謝仲庭
責 任 編 輯／謝至平
行 銷 企 劃／陳彩玉、薛綸、陳紫晴
中文版裝幀設計／馮議徹
排　　　版／漾格科技股份有限公司
編 輯 總 監／劉麗真
總 經 理／陳逸瑛
發 行 人／涂玉雲
出　　　版／臉譜出版
　　　　　　城邦文化事業股份有限公司
　　　　　　台北市民生東路二段141號5樓
　　　　　　電話：886-2-25007696　傳真：886-2-25001952
發　　　行／英屬蓋曼群島商家庭傳媒股份有限公司城邦分公司
　　　　　　台北市中山區民生東路二段141號11樓
　　　　　　客服專線：02-25007718；25007719
　　　　　　24小時傳真線：02-25001990；25001991
　　　　　　服務時間：週一至週五上午09:30-12:00；下午13:30-17:00
　　　　　　劃撥帳號：19863813 戶名：書虫股份有限公司
　　　　　　讀者服務信箱：service@readingclub.com.tw
　　　　　　城邦網址：http://www.cite.com.tw
香港發行所／城邦（香港）出版集團有限公司
　　　　　　香港灣仔駱克道193號東超商業中心1樓
　　　　　　電話：852-25086231　傳真：852-25789337
新馬發行所／城邦（新、馬）出版集團
　　　　　　Cite（M）Sdn. Bhd.（458372U）
　　　　　　41-3, Jalan Radin Anum, Bandar Baru Sri Petaling,
　　　　　　57000 Kuala Lumpur, Malaysia.
　　　　　　電話：603-90563833　傳真：603-90576622
　　　　　　電子信箱：services@cite.my

作者／五十嵐大介

日本指標性大獎「文化廳媒體藝術祭漫畫部門優秀賞」二度得主。1969年於埼玉縣熊谷市出生，現居神奈川縣鎌倉市。多摩美術大學美術學系繪畫科畢業。1993年獲刊月刊《Afternoon》冬季四季大賞後於同月刊出道。1996年起停止發表新作，移居東北開始一邊作畫一邊務農的自給自足生活，而後於2002年以《小森食光》一作重啟連載。他以高超的作畫能力及對大自然纖細的描寫著稱。2004年及2009年分別以《魔女》及《海獸之子》兩度獲得日本文化廳媒體藝術祭漫畫部門優秀賞。臉譜已出版作品另有《南瓜與我的野放生活》、《小森食光》（1、2）、《凌空之魂：五十嵐大介作品集》、《環世界：五十嵐大介作品集》。

譯者／謝仲庭

音樂工作者、吉他教師、翻譯。熱愛音樂、書本、堆砌文字及轉化語言。譯有《悠悠哉哉》、《攻殼機動隊1.5》、《寶石之國》系列 等。